GÉRARD DE NERVAL

LA
MAIN ENCHANTÉE

ILLUSTRATIONS ORIGINALES

DE

MARCEL PILLE

GRAVÉES AU BURIN ET A L'EAU-FORTE

PAR

LESUEUR et MANESSE

PARIS

LIBRAIRIE L. CONQUET

L. CARTERET et Cie, Successeurs

5, RUE DROUOT, 5

1901

LA
MAIN ENCHANTÉE

EXEMPLAIRE OFFERT

à M Dépôt légal

Carteret

Texte imprimé par A. Lahure
Gravures par Wittmann

GÉRARD DE NERVAL

LA
MAIN ENCHANTÉE

Préface de Jules de MARTHOLD

ILLUSTRÉ D'UN PORTRAIT ET DE 24 COMPOSITIONS

PAR

MARCEL PILLE

GRAVÉES AU BURIN ET A L'EAU-FORTE

PAR

LE SUEUR et MANESSE

PARIS
LIBRAIRIE L. CONQUET
L. CARTERET et Cie, Successeurs
5, RUE DROUOT, 5

1901

PRÉFACE

En 1864, M. Rivail, ex-régisseur d'un des théâtres du boulevard, — plus connu sous le surnom d'Allan-Kardec, « qui lui fut donné par un esprit », et dont, en 1861, l'Espagne avait, en place publique, brûlé les ouvrages, généralement dénués de sens commun, après jugement d'un tribunal religieux, — était président de la *Société Spirite*, par lui fondée à Paris.

Il se tenait là des séances hebdomadaires où les soirées se passaient à interroger, antithèse, et les saints et les suicidés.

Gérard y fut donc appelé et s'y voulut bien

manifester plusieurs fois en discours sans nul doute précieusement sténographiés par les adeptes dont, à cette époque, était M. Victorien Sardou, curieux de toutes les manifestations humaines, et même extra-humaines, surnaturelles, ainsi qu'en fait foi la publication, par la Société, du voyage accompli par lui comme médium dans la planète Jupiter, opuscule démontrant comment l'esprit vient aux tables.

Bon Gérard! Est-il pas logique qu'illuminé, il attire les illuminés, comme la flamme les papillons, et que le sort de son esprit soit d'être évoqué par les esprits, esprit évocateur qui, hanté de chimères, se plaisait à vivre la vie des autres et, si j'ose allier les mots représentant ces choses et les choses représentées par ces mots, à incarner son âme dans l'âme de ceux-là qu'il élisait pour rêver leur rêve, lui qui dormait si peu, et souffrir leur souffrir, car il fut surtout un mélancolique, un triste, un désemparé, à preuve cette absorption en lui-même, cet absolu détachement des choses de la terre, qui le menèrent au suicide par le même chemin de la folie que suivent les volontés usées par un obstiné contre-sort.

Escarpé, réfractaire à l'action, étrange chercheur d'amour n'arrivant jamais à mettre d'ordre en ses sentiments, grand poursuiveur d'images, Nerval vécut dans le passé beaucoup plus que dans le présent, solitaire aristocrate se refusant au banal du réel, du réel où il perdait pied, et, pour échapper à l'âpre positivisme de l'actuel, se réfugiant dans l'intangible des Autrefois légendaires, heureux de s'absenter de lui-même, comme a si justement dit Gautier, et, pour cette raison même, dissimulant volontiers ses écrits sous de nombreux pseudonymes : lord Pilgrim, Aloysus Block, Fritz, etc., abandonnés dès qu'éventés.

D'où cette prédilection pour les refrains de jadis, ces échos, pour les libres nuits sous le libre ciel, pour les lointains voyages, d'où cette impossibilité de se fixer à rien et nulle part, cette constante recherche d'un instable

Autre chose, inconsciente mais despotique aspiration à l'impossible, obsession de fantômes métaphysiques, espoir de l'irréalisable, chasse à l'insaisissable : être à hier ou cueillir des étoiles !

Des étoiles ! Il en cueillit une, non pas dans le champ du ciel, mais sous le ciel du chant, autrement dit une cantatrice de l'Opéra-Comique, qui, le 31 octobre 1837, place de la Bourse, créa, dans une œuvre de lui, *Piquillo*, le rôle de Sylvia, — *Sylvie*, titre de la dernière inspiration de Gérard, en 1853, — la blonde Jenny Colon, surtout aimée d'imagination, à la gloire de laquelle il fonda un journal, *le Monde théâtral*, ayant pour but de faire valoir celle en qui, un instant, il avait cru trouver la réalisation de son indécis idéal, bonne fille, en somme, qui finit par quitter le banquier Hope, Trimalcion offrant des raouts de cent mille francs en cet hôtel de la rue Saint-Dominique où elle était reine, pour se donner tout entière au poète... et à quelques autres, avant de s'embourgeoiser, justes Dieux ! en justes noces !

et de devenir la légitime épouse d'un sieur Leplus, flûtiste !

Hélas ! en ce *Piquillo*, dont la musique est de Monpou, la belle Sylvia-Jenny chantait :

Je ne suis pas Phœbé, la déesse voilée....

Oh ! non ! Bien que nocturne, rien moins que voilée, la déesse !

Les illusions tombent l'une après l'autre, dit quelque part Nerval, comme les écorces d'un fruit, et le fruit, c'est l'expérience.

Aussi, l'expérience lui ayant apporté l'expérience, le pauvre amant dont, après les *Élégies Nationales*, le second recueil de vers est étiqueté *Petits Châteaux de Bohème*, et qui, lors d'une grande fête donnée par Dumas, s'était montré déguisé en Bohème, prenant désormais son rêve pour la vie, désormais noctambule, inconsciemment voué à Isis, pareil à Francs et Gaulois, qui comptaient par nuits et non par jours en raison du culte de la Lune, suivit-il, en un perpétuel déambulement, cette pente, douce et si fleurie, qui conduit... où il alla !

Sylvie, qu'il appelle Lolotte, lui trouve un peu de ressemblance avec Werther, « moins les pistolets, qui ne sont plus de mode ».

Moins les pistolets, oui. C'est le gibet, en effet, qui le hante, dont il est possédé ; la délicieuse Nouvelle que nous rééditons aujourd'hui en vient témoigner.

Au onzième chapitre, Obsession, le malheureux Eustache est enveloppé par une idée fixe, suffoqué par une vision ininterrompue, celle du gibet se posant sur tous les objets où passe son regard. Cette obsession, c'est l'auteur lui-même qui la subit.

Comme Rabelais, Nerval aime Villon, Homère des pendus, souventefois le cite, en fait l'éloge, et l'on sent, à sa claire, limpide et pittoresque écriture, qu'il a beaucoup pratiqué le poète de la pinse et du crocq, de la potence et des corbeaux. Coutumier du jargon, s'adonnant volontiers à l'argot, Nerval aime à s'anuiter à Montmartre, aux Halles, chez Baratte, chez Paul Niquet, aux plus borgnes tavernes.

Or, mystérieuse fatalité, inexplicable mais positive, c'est précisément en cette île de la Gourdaine, — portant même nom que l'une des plus hideuses prisons du Châtelet, l'une des six privées de lits, — c'est en la Cité, où jadis étaient vingt temples, sans compter la maison du Glattigny ou Val-d'Amour, c'est précisément dans la même rue où fréquentait Villon s'attablant chez Robin Turgis pour conter fleurette à sa femme, Marguerite Joly, au trou de la Pomme-de-Pin, vis-à-vis l'église de la Madeleine, détruite pendant la Révolution, c'est rue de la Vieille-Lanterne, que, par une brumeuse, neigeuse et glaciale nuit, le jeudi 25 janvier 1855, le pauvre Gérard se vint accrocher, le chapeau sur la tête, aux barreaux d'un soupirail, devant la grille d'un égout, sur les marches effritées d'un escalier fangeux où sautillait un corbeau familier.

« Huit jours après ce meurtre où la folie a joué un plus grand rôle que la misère, dit Jules Janin, la maison, l'égout, la grille et la rue immonde ont disparu. »

Noir tableau, de saisissant crayon reproduit sur-le-champ en lithographie par Célestin Nanteuil, pour *l'Artiste*, et par Gustave Doré, ce dernier épigraphant sa bizarre composition de ces vers empruntés aux *Cydalises* du poète.

L'éternité profonde
Souriait dans vos yeux...
Flambeaux éteints du monde,
Rallumez-vous aux cieux !

Rue infâme, rue maudite, dont, en 1859, Léopold Flameng a donné une très émouvante impression en l'une des eaux-fortes du *Paris qui s'en va*, comme, d'après sa fresque du café Génin, il avait lithographié Villon au cabaret de la Pomme-de-Pin.

— Votre horoscope porte la hart et rien ne vous en peut distraire, dit maître Gonin à Eustache, lamentable héros de cette *Main enchantée*.

La même inévitable main possédée du Destin a tracé l'horoscope de Nerval. Et, sans cesse, entre lui et la vie, se dresse, point noir, le gibet :

Quiconque a regardé le soleil fixement
Croit voir devant ses yeux voler obstinément
Autour de lui, dans l'air, une tache livide.

Ce n'est pas le soleil qu'a fixé Gérard, mais bien l'ombre, car il s'est aventuré aux périlleuses ténèbres de l'occultisme, qui étouffe l'esprit, comme toute religion.

Balzac, le robuste Balzac, refusa de fumer, ne fût-ce qu'une fois, l'opium, tenant à en ignorer même le goût.

Nerval ne s'est pas seulement plu qu'aux rimes du poète Villon, mais s'est aussi adonné à la prose de l'astrologue Antoine de Villon, en l'inextricable forêt des arbres de science, de bien et de mal, cueillant les amers fruits de la kabbale.

Et il a été touché de la toute-puissante commotion que produit l'éblouissante et grandiose Égypte, la terre mystérieuse.

Comme Pythagore et Platon, il a vu Thèbes,

le voile du temple s'est déchiré devant lui, il a pénétré l'impénétrable, il a dit la messe d'Isis à l'inépuisable bonté, il a chanté la litanie de la Vierge-Mère aux dix mille noms, Ame de l'univers, Fille du soleil, Dame du ciel, Régente des mondes, Protectrice de la terre, Reine de beauté, Lumière des ténèbres, Vertu génératrice, Mère de la rosée, Majesté divine ; il a, deux fois vainqueur, traversé l'Achéron, modulant sur la lyre d'Orphée ces sonnets des *Chimères* et du *Christ aux Oliviers*, d'aussi noble pensée que de forme splendide.

Mais, ayant gravi l'escalier des Sages, la possession du pur secret des grands initiés, Rama, Krishna, Hermès, Moïse, Orphée, Pythagore, Platon, Jésus, ne lui suffit pas.

Avec Roger Bacon, il boit l'élixir des philosophes, et Laurent de Chiremont lui ayant livré les clés de la magie, il en sait bientôt autant que l'abbé Sepher sur les sciences maudites ; microcosme et macrocosme sont pour lui sans mystère. Rien de ce qui est étrange ne lui est étranger, charmes, sorcelages, enchantements.

Il n'est alchimistes, devins, maléficiers, noueurs d'esguillettes, chevilleurs, magiciens, nécromanciens, chiromanciens, qui lui en puissent remontrer.

D'Alpha en Oméga, d'Aéromancie à Uromancie, il est expert aux cent espèces de magies et divinations révélées.

Il connaît les quarante propriétés de l'âme et la triple vie de l'homme de Jacob Bœhme, le philosophe teutonique; grâce à César d'Arcons, à Eyquem de Martineau, il sait la raison du flux et reflux de la mer et a l'explication de la quadrature du cercle; Blaise de Vigenère lui a révélé les propriétés du feu et du sel; il est familier de Paracelse, le grand et sublime docteur, de Raymond Lulle, de ses deux *Clavicules* et de son *Art de Mémoire*, et le mystère de la pierre philosophale est pour lui éclairci par Nicolas Flamel, — auquel il a consacré un drame en prose, malheureusement perdu, œuvre où, sans doute, il donnait corps à la transmutation des métaux, comme, en 1859, il a tenté d'indiquer des moyens de réforme sociale en son curieux et charmant drame de *Léo Burckart*, précurseur du moderne et tant spirituel *Rabagas*.

Il s'est penché sur tous les abîmes, sur tous les gouffres, sur tous les vertiges, sur la science des magnétiques apparitions spectrales, revenants et vampires, avec Taillepied, Martin Del Rio, Le Loyer, Dom Calmet ; sur la science minérale et la médecine métallique, avec Glauber, Du Chesne, Basile Valentin ; sur la science des distillations, avec Alexis ; sur la science des venins, avec Jacques Grevin ; sur celles des naissances et des horoscopes, avec Arcandam, Oger Ferrier, Rantzau. Même, il connaît les universelles écritures de Trithemius et du jésuite Athanase Kircher et celle de Laurent Joubert, lequel, dès 1579, en son *Traité du Ris*, projetait, en la pratiquant, la réforme de l'orthographe. — Déjà, mon Dieu! Les niais sont de tous les temps.

Il a lu Palma Cayet et, à dix-huit ans, a traduit *Faust*, en 1828 ; il a lu Restif de la Bretonne et, en 1850, dans la *Revue des Deux*

Mondes, a, « d'analyse très vivante et très colorée », commenté *Monsieur Nicolas*, l'ouvrage le plus raisonnable qu'on puisse faire entrer dans une bibliothèque des fous, a dit le bibliophile Jacob ; il a lu Françoys de Belle-Forest et a écrit *la Main enchantée*, où l'onguent sympathique de Sorel de Souvigny joue le premier rôle, maître Gonin, rompu à toutes les pratiques de sorcellerie, magie blanche et magie noire, semblant vraiment avoir étudié, approfondi la *Physique* de Scipion Du Pleix, l'*Amphitheatrum* de Kuhnrath et le *Miroir des Alchimistes* de Bombaste, qui, à la date où se déroule le petit drame strangulatoire, en 1609, venaient de paraître.

Malheureusement pour lui, si Gérard a compris l'utilité des voyages avec Baudelot de Dairval, il n'en a été de même ni de la science du sexe féminin de Cornélius Agrippa, ni de l'antidote d'amour de Jean Aubery, et, après avoir parcouru le monde enchanté avec Bekker, après être monté dans la lune avec Wilkins, qu'imita Cyrano, rebelle à l'inoculation du bon sens de Sélis, finalement vaincu dans le duel du Destin, sceptique désespérant de toute foi prouvée, à la suite de La Martinière, il est descendu dans le tombeau de la folie, jetant la clé de la vie pour aller apprendre le secret des secrets.

Pauvre Gérard !

Au printemps, l'oiseau naît et chante.
N'avez-vous jamais ouï sa voix ?...
Elle est pure, simple et touchante,
La voix de l'oiseau — dans les bois !

L'été, l'oiseau cherche l'oiselle ;
Il aime, et n'aime qu'une fois !
Qu'il est doux, paisible et fidèle,
Le nid de l'oiseau — dans les bois !

Puis, quand vient la saison brumeuse,
Il se tait, avant les temps froids.
Hélas ! qu'elle doit être heureuse,
La mort de l'oiseau — dans les bois !

Hélas ! pauvre Gérard, plus heureuse assurément que la fin du poète en la Ville affairée, vaste océan d'égoïsme dont le flot se referme, indifférent, sur l'englouti !

Que ces gentils verselets, écrits par toi et publiés, dans les *Annales Romantiques*, vingt ans avant le dénouement tragique, te servent d'épitaphe en notre souvenir attendri.

Vous allez lire — pardon, relire — *la Main enchantée*, enchantement de main de maître tracé, et, dans ces quatorze petits chapitres, toute une époque va revivre devant vous, grâce à la plume du conteur, comme aussi grâce au crayon, délicat, exact et spirituel de M. Marcel Pille, un artiste dont Gérard serait ravi, lui qui si bien connaissait son vieux Paris et tant l'aimait.

Vous y verrez cette place, depuis la naissance de Louis XIII, depuis 1601, appelée place Dauphine et qu'on venait d'agrandir, en comblant divers petits bras de la Seine, par l'adjonction des ilots de Buci, où était un moulin, et de la Gourdaine, où avait été un bûcher, celui de Jacques de Molay, brûlé vif en 1314.

Borné sur la rive droite par la place des Trois-Maries, sur la rive gauche par les deux arcades des Augustins, vous y verrez le Pont-

Neuf, commencé par du Cerceau, achevé par Charles Marchand, le nouveau Pont-Neuf, tout éclatant, tout aveuglant de blancheur, — l'ancien, reconstruit en bois depuis 1416, occupait l'emplacement actuel du pont Saint-Michel, — le nouveau Pont-Neuf dont Henri III avait, le 30 avril 1578, posé la première pierre, le soir du même jour où, le matin, il avait, en grande pompe, posé la dernière pierre sur les cadavres de ses mignons Quélus et Maugiron, le Pont-Neuf dont Henri IV avait pu effectuer la périlleuse traversée, le vendredi 20 juin 1603, mais qui n'était vraiment livré à la circulation que depuis 1607, où, dès lors, tire-laine et vendangeurs de côté, lisez coupeurs de bourses, s'étaient aussitôt installés, socialistes collectivistes cherchant moyen de moyenner la moyenne fortune, comme dit le sieur d'Esternod, gentilhomme et poète.

La naïve indignation de l'excellent Thomas Sonnet n'ayant pas encore fondé la réputation de Tabarin, dédaignant le pédantisme du bateleur Desiderio Descombes, vous flânerez à la parade d'il signor Hieronimo, se brûlant vif et se navrant de coups d'estoc pour se guérir instantanément à l'aide de son baume, unique et merveilleux, que Galinette la Galine, son aboyeur, débitait aux badauds ébahis, mais surtout vous vous arrêterez devant les tours et la faconde de maître Gonin, joueur de gobelets incomparable, hâbleur sans pareil, dont le nom était si bien synonyme d'habile et de fourbe, que la malice parisienne, pour se venger des tours de jésuite de Richelieu, plus d'une fois qualifia l'homme rouge de maître Gonin, et qu'en 1713, l'auteur des *Imaginations de M. Ouffle*, Le Bordelon, publia *les Tours de maître Gonin* en deux gros volumes.

Vous verrez aussi le Château-Gaillard et sa ronde tour, dont les pieds baignaient dans le bourbier qu'était la Seine, bâtiment hétéroclite, ni prison ni forteresse, ni abri ni colombier, ni phare ni lanterne, ne servant à rien, où l'arracheur de dents Jean Brioché installa ces fameuses marionnettes qui, en Suisse, faillirent le faire condamner au feu comme sorcier, et dont Cyrano, d'un grand coup d'épée, tua le singe, prenant le pauvre animal pour quelque humaine créature se permettant de faire grimace à son nez.

Vous compatirez, enfin, aux transes, aux affres tragi-comiques, et plutôt comiques que tragiques, de l'excellent et doux Eustache Boutroue, pauvre petit courtaud de boutique se trouvant tout à coup face à face, horribles visions, d'abord avec la terrifiante perspective d'un combat singulier, ensuite avec l'obsession du remords et surtout l'angoisse des suites de l'affaire.

Les suites de l'affaire, chose grave, un an à peine après que le bon roi Henri venait de doter son peuple d'une loi sévère contre le duel.

Et, bien entendu, votre esprit sagace ne manquera pas de remarquer à quel point ce conte bleu est plein de philosophique sapience et de profond enseignement, qualités rares qui en font une œuvre, une œuvre de la famille de *Pierre Schlémihl*, le héros de Chamisso croyant pouvoir aliéner impunément un don de la nature, en vendant son ombre, tandis que celui de Nerval tente de s'en attribuer un de plus.

Très juste symbole de la réalité, cette main entraînant son possédé possesseur à des actes paradoxalement opposés, contraires à son vouloir.

Combien de gens dans la vie décident, malgré qu'ils en aient, de leur propre malheur, poussés par on ne sait quel démon intérieur plus puissant qu'eux, impulsion inanalysable mais despotiquement positive, magie ignorée menant les âmes, irrésistible force grâce à laquelle le cul-de-jatte a des ailes pour voler à sa perte!

Tous les hommes ont un peu le talon d'Achille, tous les hommes aussi ont un peu la main de gloire.

Et, par-dessus tout, en cette édition, de si délicate, aristocratique, parfaite élégance, dont il convient, au nom des lettrés, de remercier M. Carteret, pareil livre étant stèle pieusement élevée à une immortelle mémoire, hommage de l'avenir au passé, par-dessus tout, loisir vous sera d'admirer le style de ce conteur exquis.

D'esprit indépendant, librement personnel, de la fournaise romantique traversée sans la moindre brûlure gongorique, Nerval sut se dégager absolument, conservant cette écriture fine, légère, clairement philosophique, parée de la simplicité, de la grâce enjouée, qui demeure le secret des maîtres de notre France, Voltaire, Diderot, Claude Tillier, précieuses vertus assurant noble place dans le panthéon bleu de nos gloires à Gérard de Nerval.

Nous donnons ici un portrait du poète, portrait de jeunesse, non celui de L. Flameng, eau-forte montrant l'écrivain assis en un fauteuil, la tête de face, avec barbe en collier, mais la lithographie de Ch. Lebrun d'après le médaillon de Jean du Seigneur, daté de 1831, c'est-à-dire modelé à l'instant même où sonnaient les beaux vingt-quatre ans du poète, — tout juste la moitié de sa vie!

JULES DE MARTHOLD.

I

LA PLACE DAUPHINE

Rien n'est beau comme ces maisons du siècle dix-septième dont la place Royale offre une si majestueuse réunion. Quand leurs faces de briques, entremêlées et encadrées de cordons et de coins de pierre, et quand leurs fenêtres hautes sont enflammées des rayons splendides du couchant, vous vous sentez à les voir la même vénération que devant une cour des parlements assemblée en robes rouges à revers d'hermine; et, si ce n'était un puéril rapprochement, on pourrait dire que la longue table verte où ces redoutables magistrats sont rangés en carré figure un peu ce bandeau de tilleuls qui borde les quatre faces de la place Royale et en complète la grave harmonie.

Il est une autre place dans la ville de Paris qui ne cause pas moins de satisfaction par sa régularité et son ordonnance, et qui est en triangle à peu près ce que l'autre est en carré. Elle a été bâtie sous le règne de Henri le Grand, qui la nomma *place Dauphine*, et l'on admira alors le peu de temps qu'il fallut à ses bâtiments pour couvrir tout le terrain vague de l'île de la Gourdaine. Ce fut un cruel déplaisir que l'envahissement de ce terrain pour les clercs qui venaient s'y ébattre à grand bruit, et pour les avocats qui venaient y méditer leurs plaidoyers : promenade si verte et si fleurie, au sortir de l'infecte cour du Palais.

A peine ces trois

rangées de maisons furent-elles dressées sur leurs portiques lourds, chargés et sillonnés de bossages et de refends; à peine furent-elles revêtues de leurs briques, percées de leurs croisées à balustres, et chaperonnées de leurs combles massifs, que la nation des gens de justice envahit la place entière, chacun suivant son grade et ses moyens, c'est-à-dire en raison inverse de l'élévation des étages. Cela devint une sorte de cour des miracles au grand pied, une truanderie de larrons privilégiés, repaire de la gent *chiquanouse*, comme les autres de la gent argotique; celui-ci en brique et en pierre, les autres en boue et en bois.

Dans une de ces maisons composant la place Dauphine habitait, vers les dernières années du règne de Henri le Grand, un personnage assez remarquable, ayant pour nom Godinot Chevassut, et pour titre lieutenant civil du prévôt de Paris; charge bien lucrative et pénible à la fois en ce siècle où les larrons étaient beaucoup plus nombreux qu'ils ne sont aujourd'hui, tant la probité a diminué depuis dans notre pays de France! et où le nombre des filles folles de leur corps était beaucoup plus considérable, tant nos mœurs se sont dépravées! — L'humanité ne changeant guère, on peut dire, comme un vieil auteur, que moins il y a de fripons aux galères, plus il y en a dehors.

Il faut bien dire aussi que les larrons de ce temps-là étaient moins ignobles que ceux du nôtre, et que ce misérable métier était alors une sorte d'art que des jeunes gens de famille ne dédaignaient pas d'exercer. Bien des capacités refoulées au dehors et aux pieds d'une société de barrières et de privilèges se développaient fortement dans ce sens : ennemis plus dangereux aux particuliers qu'à l'État, dont la machine eût peut-être éclaté sans cet échappement. Aussi, sans nul doute, la justice d'alors usait-elle de ménagements envers les larrons distingués ; et personne n'exerçait plus volontiers cette tolérance que notre lieutenant civil de la place Dauphine, pour des raisons que vous connaîtrez. En revanche, nul n'était plus sévère pour les maladroits : ceux-là payaient pour les autres, et garnissaient les gibets dont Paris alors était ombragé, suivant l'expression de d'Aubigné, à la grande satisfaction des bourgeois, qui n'en étaient que mieux volés, et au grand perfectionnement de l'art de la *truche*.

Godinot Chevassut était un petit homme replet qui commençait à grisonner et y prenait grand plaisir, contre l'ordinaire des vieillards, parce qu'en blanchissant ses cheveux devaient perdre nécessairement le ton un peu chaud qu'ils avaient de naissance, ce qui lui avait valu le nom désagréable de *Rousseau*, que ses connaissances substituaient au sien propre, comme plus aisé à prononcer et à retenir. Il avait ensuite des yeux bigles très éveillés quoique toujours à demi fermés sous leurs épais sourcils, avec une bouche assez fendue, comme les gens qui aiment à rire. Et cependant, bien que ses traits eussent un air de malice presque continuel, on ne l'entendait jamais rire à grands éclats, et, comme disent nos pères, rire d'un pied en carré; seulement, toutes les fois qu'il lui échappait quelque chose de plaisant, il le ponctuait à la fin d'un *ha!* ou d'un *ho!* poussé du fond des poumons, mais unique et d'un effet singulier;

et cela arrivait assez fréquemment, car notre magistrat aimait à hérisser sa conversation de pointes, d'équivoques et de propos gaillards, qu'il ne retenait pas même au tribunal.

Du reste, c'était un usage général des gens de robe de ce temps, qui a passé aujourd'hui presque entièrement à ceux de la province.

Pour l'achever de peindre, il faudrait lui planter à l'endroit ordinaire un nez long et carré du bout, et puis des oreilles assez petites, non bordées, et d'une finesse d'organe à entendre sonner un quart d'écu d'un quart de lieue, et une pistole de bien plus loin.

C'est à ce propos que, certain plaideur ayant demandé si M. le lieutenant civil n'avait pas quelques amis qu'on pût solliciter et employer auprès de lui, on lui répondit qu'en effet il y avait des amis dont le *Rousseau* faisait grand état ; que c'était, entre autres, monseigneur le Doublon, messire le Ducat, et même monsieur l'Écu ; qu'il fallait en faire agir plusieurs ensemble, et que l'on pouvait s'assurer d'être chaudement servi.

II

UNE IDÉE FIXE

Il est des gens qui ont plus de sympathie pour telle ou telle grande qualité, telle ou telle vertu singulière. L'un fait plus d'estime de la magnanimité et du courage guerrier, et ne se plaît qu'au récit des beaux faits d'armes; un autre place au-dessus de tout le génie et les inventions des arts, des lettres ou de la science; d'autres sont plus touchés de la générosité et des actions vertueuses par où l'on secourt ses semblables et l'on se dévoue pour leur salut, chacun suivant sa pente naturelle. Mais le sentiment particulier de Godinot Chevassut était le même que celui du savant Charles neuvième, à savoir, que l'on ne peut établir aucune qualité au-dessus de l'esprit et de l'adresse, et que les gens qui en sont pourvus sont les seuls dignes en ce monde d'être admirés et honorés; et nulle part il ne trouvait ces qualités plus brillantes et mieux développées que chez la grande nation des tire-laine, matois, coupeurs de bourse et bohèmes, dont la *vie généreuse* et les tours singuliers se déroulaient tous les jours devant lui avec une variété inépuisable.

Son héros favori était maître François Villon, Parisien, célèbre dans l'art poétique autant que dans l'art de la pince et du croc; aussi l'*Iliade* avec l'*Énéide*, et le roman non moins admirable de Huon de Bordeaux, il les eût donnés pour le poème des *Repues franches*, et même encore pour la *Légende de maître Faifeu*, qui sont les épopées versifiées de la nation truande! Les *Illustrations de Dubellay*, *Aristoteles peripoliticon* et le *Cymbalum mundi* lui paraissaient bien faibles à côté du *Jargon, suivi des États généraux du royaume de l'Argot*, et des *Dialogues du polisson et du malingreux, par un courtaud de boutanche, qui maquille en mollanche en la vergne de Tours*, et imprimé avec autorisation du *roi de Thunes*, Fiacre l'emballeur; Tours, 1603. Et, comme naturellement ceux qui font cas d'une certaine vertu ont le plus grand mépris pour le défaut contraire, il n'était pas de gens qui lui fussent si odieux que les personnes simples, d'entendement épais et d'esprit peu compliqué. Cela allait au point qu'il eût voulu changer entièrement la distribution de la justice, et que, lorsqu'il se découvrait quelque larronnerie grave, on pendit non point le voleur, mais le volé. C'était une idée; c'était la sienne. Il pensait y voir le seul moyen de hâter l'émancipation intellectuelle du peuple, et de faire arriver les hommes du siècle à un progrès suprême d'esprit, d'adresse et d'invention, qu'il disait être la vraie couronne de l'humanité et la perfection la plus agréable à Dieu.

Voilà pour la morale. Et quant à la politique, il lui était démontré que le vol organisé sur une grande échelle favorisait plus que toute chose la division des grandes fortunes et la circulation des moindres, d'où seulement peuvent résulter pour les classes inférieures le bien-être et l'affranchissement.

Vous entendez bien que c'était seulement la bonne et double piperie qui le ravissait, les subtilités et patelinages des vrais clercs de Saint-Nicolas, les vieux tours de maître Gonin, conservés depuis deux cents ans dans le sel et dans l'esprit; et que Villon, le villonneur, était son compère, et non point des routiers tels que les Guilleris ou le capitaine Carrefour. Certes, le scélérat qui, planté sur une grande route, dépouille brutalement un voyageur désarmé, lui était aussi en horreur qu'à tous les bons esprits, de même que ceux qui, sans autre effort d'imagination, pénètrent avec effraction dans quelque maison isolée, la pillent, et souvent en égorgent les maîtres. Mais s'il eût connu ce trait d'un larron distingué qui, perçant une muraille pour s'introduire dans un logis, prit soin de figurer son ouverture en un trèfle gothique, pour que le lendemain, s'apercevant du vol, on vît bien qu'un homme de goût et d'art l'avait exécuté, certes, maître Godinot Chevassut eût estimé celui-là beaucoup plus haut que Bertrand de Clasquin ou l'empereur César; et c'est peu dire.

III

LES GRÈGUES DU MAGISTRAT

Tout ceci étant déduit, je crois qu'il est l'heure de tirer la toile et, suivant l'usage de nos anciennes comédies, de donner un coup de pied par derrière à mons le Prologue, qui devient outrageusement prolixe, au point que les chandelles ont été déjà trois fois mouchées depuis son exorde. Qu'il se hâte donc de terminer, comme Bruscambille, en conjurant les spectateurs « de nettoyer les imperfections de son dire avec les époussettes de leur humanité, et de recevoir un clystère d'excuses aux intestins de leur impatience » ; et voilà qui est dit, et l'action va commencer.

C'est dans une assez grande salle, sombre et boisée. Le vieux magistrat, assis dans un large fauteuil sculpté, à pieds tortus, dont le dossier est vêtu de sa chemisette de damas à franges, essaye une paire de grègues bouffantes toutes neuves que lui vient d'apporter Eustache Bouteroue, apprenti de maître Goubard, drapier-chaussetier. Maître Chevassut, en nouant ses aiguillettes, se lève et se rassied successivement, adressant par intervalles la parole au jeune homme, qui, roide comme un saint de pierre, a pris place, d'après son invitation, sur le coin d'un escabeau, et qui le regarde avec hésitation et timidité.

— Hum! celles-là ont fait leur temps! dit-il en poussant du pied les vieilles grègues qu'il venait de quitter; elles montraient la corde comme une ordonnance prohibitive de la prévôté; et puis, tous les morceaux se disaient adieu... un adieu déchirant!

Le facétieux magistrat releva cependant encore l'ancien *vêtement nécessaire* pour y prendre sa bourse, dont il répandit quelques pièces dans sa main.

— Il est sûr, poursuivit-il, que nous autres gens de loi faisons de nos vêtements un très durable usage, à cause de la robe sous la-

quelle nous les portons aussi longtemps que le tissu résiste et que les coutures gardent leur sérieux; c'est pourquoi, et comme il faut que chacun vive, même les voleurs, et partant les drapiers-chaussetiers, je ne réduirai rien des six écus que maître Goubard me demande; à quoi même j'ajoute généreusement un écu rogné pour le courtaud de boutique, sous la condition qu'il ne le changera pas au rabais, mais le fera passer pour bon à quelque bélitre de bourgeois, déployant, à cet effet, toutes les ressources de son esprit; sans cela, je garde ledit écu pour la quête de demain dimanche à Notre-Dame.

Eustache Bouteroue prit les six écus et l'écu rogné, en saluant bien bas.

— Çà, mon gars, commence-t-on à *mordre* à la draperie? Sait-on bien gagner sur l'aunage, sur la coupe, et *couler* au chaland du vieux pour du neuf, du puce pour du noir?... soutenir enfin la vieille réputation des marchands aux piliers des Halles?

Eustache leva les yeux vers le magistrat avec quelque terreur; puis, supposant qu'il plaisantait, se mit à rire; mais le magistrat ne plaisantait pas.

— Je n'aime point, ajouta-t-il, la larronnerie des marchands. Le voleur vole et ne trompe pas : le marchand vole et trompe. Un bon compagnon, affilé du bec et sachant son latin, achète une paire de grègues; il débat longtemps son prix et finit par la payer six écus. Vient ensuite quelque honnête chrétien, de ceux que les uns appellent *gonze*, les autres un *bon chaland*; s'il arrive qu'il prenne une paire de grègues exactement pareille à l'autre, et que, confiant au chaussetier, qui jure de sa probité par la Vierge et les saints, il la paye huit écus, je ne le plaindrai pas, car c'est un sot. Mais, pendant que le marchand, comptant les deux sommes qu'il a reçues, prend dans sa main et fait sonner avec satisfaction les deux écus qui sont la différence de la seconde à la première, passe devant sa boutique un pauvre homme qu'on mène aux galères pour avoir tiré d'une poche quelque sale mouchoir troué : — Voici un grand scélérat, s'écrie le marchand; si la justice était juste, le gredin serait roué vif, et j'irais le voir, poursuit-il, tenant toujours dans sa main les deux écus...

Eustache, que penses-tu qu'il arriverait si, selon le vœu du marchand, la justice était juste?

Eustache Bouteroue ne riait plus; le paradoxe était trop inouï pour qu'il songeât à y répondre, et la bouche d'où il sortait le rendait presque inquiétant. Maître Chevassut, voyant le jeune homme ébahi comme un loup pris au piège, se mit à rire avec son rire particulier, lui donna une tape légère sur la joue, et le congédia. Eustache descendit tout pensif l'escalier à balustre de pierre, quoiqu'il entendît de loin, dans la cour du Palais, la trompette de Galinette la Galine, bouffon du célèbre opérateur Geronimo, qui appelait les badauds à ses facéties et à l'achat des drogues de son maître ; il y fut sourd cette fois, et se mit en devoir de traverser le pont Neuf pour gagner le quartier des Halles.

IV

LE PONT NEUF

Le pont Neuf, achevé sous Henri IV, est le principal monument de ce règne. Rien ne ressemble à l'enthousiasme que sa vue excita, lorsque, après de grands travaux, il eut entièrement traversé la Seine de ses douze enjambées, et rejoint plus étroitement les trois cités de la maîtresse ville.

Aussi devint-il bientôt le rendez-vous de tous les oisifs parisiens, dont le nombre est grand, et partant, de tous les jongleurs, vendeurs d'onguents et filous, dont les métiers sont mis en branle par la foule, comme un moulin par un courant d'eau.

Quand Eustache sortit du triangle de la place Dauphine, le soleil dardait à plomb ses rayons poudreux sur le pont, et l'affluence y était grande, les promenades les plus fréquentées de toutes à Paris étant d'ordinaire celles qui ne sont fleuries que d'étalages, terrassées que de pavés, ombragées que de murailles et de maisons.

Eustache fendait à grand'peine ce fleuve de peuple qui croisait l'autre fleuve et s'écoulait avec lenteur d'un bout à l'autre du pont, arrêté du moindre obstacle, comme des glaçons que l'eau charrie, formant de place en place mille tournants et mille remous autour de quelques escamoteurs, chanteurs ou marchands prônant leurs denrées. Beaucoup s'arrêtaient le long des parapets à voir passer les trains de bois sous les arches, circuler les bateaux, ou bien à contempler le magnifique point de vue qu'offrait la Seine en aval du pont, la Seine côtoyant à droite la longue file des bâtiments du Louvre, à gauche le grand Pré-aux-Clercs, rayé de ses belles allées de tilleuls, encadré de ses saules gris ébouriffés et de ses saules verts pleurant dans l'eau ; puis, sur chaque bord, la tour de Nesle et la tour du Bois, qui semblaient faire sentinelle aux portes de Paris comme les géants des romans anciens.

Tout à coup un grand bruit de pétards fit tourner vers un point unique les yeux des promeneurs et des observateurs, et annonça un spectacle digne de fixer l'attention. C'était au centre d'une de ces petites plates-formes en demi-lune, surmontées naguère encore de boutiques en pierre, et qui formaient alors des espaces vides au-dessus de chaque pile du pont, et en dehors de la chaussée. Un escamoteur s'y était établi ; il avait dressé une table, et sur cette table se promenait un fort beau singe, en costume complet de diable, noir et rouge, avec la queue naturelle, et qui, sans la moindre timidité, tirait force pétards et soleils d'artifice, au grand dommage de toutes les barbes et les fraises qui n'avaient pas élargi le cercle assez vite.

Pour son maître, c'était une de ces figures du type bohémien, commun cent ans avant, déjà rare alors, et aujourd'hui noyé et perdu dans la laideur et l'insignifiance de nos têtes bourgeoises : un profil en fer de hache, front élevé mais étroit, nez très long et très bossu, et cependant ne surplombant pas comme les nez romains, mais fort retroussé au contraire, et dépassant à peine de sa pointe la bouche aux lèvres minces très avancées, et le menton rentré ; puis des yeux longs et fendus obliquement sous leurs sourcils, dessinés comme un V, et de longs cheveux noirs complétant l'ensemble ; enfin, quelque chose de souple et de dégagé dans les gestes et dans toute l'attitude du corps témoignait un drôle adroit de ses membres et brisé de bonne heure à plusieurs métiers et à beaucoup d'autres.

Son habillement était un vieux costume de bouffon, qu'il portait avec dignité ; sa coiffure, un grand chapeau de feutre à larges bords, extrêmement froissé et recroquevillé ; maître Gonin était le nom que tout le monde lui donnait, soit à cause de son habileté et de ses tours d'adresse, soit qu'il descendît effectivement de ce fameux jongleur qui fonda, sous Charles VII, le théâtre des Enfants-sans-Souci et porta le premier le titre de Prince des Sots, lequel, à l'époque de cette histoire, avait passé au seigneur d'Engoulevent, qui en soutint les prérogatives souveraines jusque devant les parlements.

V

LA BONNE AVENTURE

L'escamoteur, voyant amassé un assez bon nombre de gens, commença quelques tours de gobelets qui excitèrent une bruyante admiration. Il est vrai que le compère avait choisi sa place dans la demi-lune avec quelque dessein, et non pas seulement en vue de ne point gêner la circulation, comme il paraissait ; car de cette façon il n'avait les spectateurs que devant lui et non derrière.

C'est que véritablement l'art n'était pas alors ce qu'il est devenu aujourd'hui, où l'escamoteur travaille entouré de son public. Les tours de gobelets terminés, le singe fit une tournée dans la foule, recueillant force monnaie, dont il remerciait très galamment, en accompagnant son salut d'un petit cri assez semblable à celui du grillon. Mais les tours de gobelets n'étaient que le prélude d'autre chose, et, par un prologue fort bien tourné, le nouveau maître Gonin annonça qu'il avait en outre le talent de prédire l'avenir par la cartomancie, la chiromancie, et les nombres pythagoriques ; ce qui ne pouvait se payer, mais qu'il ferait pour un sol, dans la seule vue d'obliger. En disant cela, il battait un grand jeu de cartes, et son singe, qu'il nommait Pacolet, les distribua ensuite avec beaucoup d'intelligence à tous ceux qui tendirent la main.

Quand il eut satisfait à toutes les demandes, son maître appela successivement les curieux dans la demi-lune par le nom de leurs cartes, et leur prédit à chacun leur bonne ou mauvaise fortune, tandis que Pacolet, à qui il avait donné un oignon pour loyer de son service, amusait la compagnie par les contorsions que ce régal lui occasionnait, enchanté à la fois et malheureux, riant de la bouche et pleurant de l'œil, faisant à chaque coup de dent un groguement de joie et une grimace pitoyable.

Eustache Bouteroue, qui avait pris une carte

aussi, se trouva le dernier appelé. Maître Gonin regarda avec attention sa longue et naïve figure, et lui adressa la parole d'un ton emphatique.

— Voici le passé : vous avez perdu père et mère; vous êtes depuis six ans apprenti drapier sous les piliers des Halles. Voici le présent : votre patron vous a promis sa fille unique; il compte se retirer et vous laisser son commerce. Pour l'avenir, tendez-moi votre main.

Eustache, très étonné, tendit sa main; l'escamoteur en examina curieusement les lignes, fronça le sourcil avec un air d'hésitation, et appela son singe comme pour le consulter. Celui-ci prit la main, la regarda, puis, s'allant poster sur l'épaule de son maître, sembla lui parler à l'oreille; mais il agitait seulement ses lèvres très vite, comme font ces animaux lorsqu'ils sont mécontents.

— Chose bizarre! s'écria enfin maître Gonin, qu'une existence si simple dès l'abord, si bourgeoise, tende vers une transformation si peu commune, vers un but si élevé!... Ah! mon jeune coquardeau, vous romprez votre coque; vous irez haut, très haut...,

vous mourrez plus grand que vous n'êtes.

— Bon! dit Eustache en soi-même, c'est ce que ces gens-là vous promettent toujours. Mais comment donc sait-il les choses qu'il m'a dites en premier? Cela est merveilleux!.. à moins toutefois qu'il ne me connaisse de quelque part.

Cependant il tira de sa bourse l'écu rogné du magistrat, en priant l'escamoteur de lui rendre sa monnaie. Peut-être avait-il parlé trop bas; mais celui-ci n'entendit point, car il reprit ainsi, en roulant l'écu dans ses doigts :

— Je vois assez que vous savez vivre; aussi j'ajouterai quelques détails à la prédiction très véritable, mais un peu ambiguë, que je vous ai faite. Oui, mon compagnon, bien vous a pris de ne me point solder d'un sol comme les autres, encore que votre écu perde un bon quart; mais n'importe, cette blanche pièce vous sera un miroir éclatant où la vérité pure va se refléter.

— Mais, observa Eustache, ce que vous m'avez dit de mon élévation, n'était-ce donc pas la vérité?

— Vous m'avez demandé votre bonne aventure, et je vous l'ai dite, mais la glose y manquait.... Çà, comment comprenez-vous le but élevé que j'ai donné à votre existence dans ma prédiction?

— Je comprends que je puis devenir syndic des drapiers-chaussetiers, marguillier, échevin....

— C'est bien rentrer de piques noires, bien trouvé sans chandelle!... Et pourquoi pas le grand sultan des Turcs, l'Amorabaquin?... Eh! non, non, monsieur mon ami, c'est autrement qu'il faut l'entendre; et puisque vous désirez une explication de cet oracle sibyllin, je vous dirai que, dans notre style, *aller haut* est pour ceux qu'on envoie garder les moutons à la lune, de même que *aller loin*, pour ceux qu'on envoie écrire leur histoire dans l'Océan, avec des plumes de quinze pieds....

— Ah! bon, mais si vous m'expliquiez encore votre explication, je comprendrai sûrement.

— Ce sont deux phrases honnêtes pour remplacer deux mots : *gibet* et *galères*. Vous irez haut et moi loin. Cela est parfaitement indiqué chez moi par cette ligne médiane, traversée à angles droits d'autres lignes moins prononcées; chez vous, par une ligne qui coupe celle du milieu sans se prolonger au delà, et une autre les traversant obliquement toutes deux....

— Le gibet! s'écria Eustache.

— Est-ce que vous tenez absolument à une mort horizontale? observa maître Gonin. Ce serait puéril; d'autant que vous voici assuré d'échapper à toutes sortes d'autres fins, où chaque homme mortel est exposé. De plus, il est possible que lorsque messire le Gibet vous lèvera par le cou à bras tendu, vous ne soyez plus qu'un vieil homme dégoûté du monde et de tout.... Mais voici que midi sonne, et c'est l'heure où l'ordre du prévôt de Paris nous chasse du pont Neuf jusqu'au soir. Or, s'il vous faut jamais quelque conseil, quelque sortilège, charme ou philtre à votre usage, dans le cas d'un danger, d'un amour ou d'une vengeance, je demeure là-bas, au bout du pont, dans le Château-Gaillard. Voyez-vous bien d'ici cette tourelle à pignon?...

— Un mot encore, s'il vous plait, dit Eustache en tremblant, serai-je heureux en mariage?

— Amenez-moi votre femme, et je vous le

dirai.... Pacolet, une révérence à monsieur, et un baisemain.

L'escamoteur plia sa table, la mit sous son bras, prit le singe sur son épaule, et se dirigea vers le Château-Gaillard, en ramageant entre ses dents un air très vieux.

VI

CROIX ET MISÈRES

Il est bien vrai qu'Eustache Bouteroue s'allait marier dans peu avec la fille du drapier-chaussetier. C'était un garçon sage, bien entendu dans le commerce, et qui n'employait point ses loisirs à jouer à la boule ou à la paume, comme bien d'autres, mais à faire des comptes, à lire le *Bocage des six corporations*, et à apprendre un peu d'espagnol, qu'il était bon qu'un marchand sût parler, comme aujourd'hui l'anglais, à cause de la quantité de personnes de cette nation qui habitaient dans Paris. Maître Goubard s'étant donc, en six années, convaincu de la parfaite honnêteté et du caractère excellent de son commis, ayant de plus surpris entre sa fille et lui quelque penchant bien vertueux et bien sévèrement comprimé des deux parts, avait résolu de les unir à la Saint-Jean d'été, et de se retirer ensuite à Laon, en Picardie, où il avait du bien de famille.

Eustache ne possédait cependant aucune fortune; mais l'usage n'était point alors général de marier un sac d'écus avec un sac d'écus; les parents consultaient quelquefois le goût et la sympathie des futurs époux, et se donnaient la peine d'étudier longtemps le caractère, la conduite et la capacité des personnes qu'ils destinaient à leur alliance, bien différents des pères de famille d'aujourd'hui, qui exigent plus de garanties morales d'un domestique qu'ils prennent que d'un gendre futur.

Or la prédiction du jongleur avait tellement condensé les idées assez peu fluides de l'apprenti drapier, qu'il était demeuré tout étourdi au centre de la demi-lune, et n'entendait point les voix argentines qui babillaient dans les campaniles de la Samaritaine, et répétaient

midi, midi!... Mais, à Paris, midi sonne pendant une heure, et l'horloge du Louvre prit bientôt la parole avec plus de solennité, puis celle des Grands-Augustins, puis celle du Châtelet; si bien qu'Eustache, effrayé de se voir si fort en retard, se prit à courir de toutes ses forces, et en quelques minutes eut mis derrière lui les rues de la Monnaie, du Borrel et Tirechappe; alors il ralentit son pas, et, quand il eut tourné la rue de la Boucherie-de-Beauvais, son front s'éclaircit en découvrant les parapluies rouges du carreau des Halles, les tréteaux des Enfants-sans-Souci, l'échelle et la croix, et la jolie lanterne du pilori coiffée de son toit en plomb. C'était sur cette place, sous un de ces parapluies, que sa future, Javotte Goubard, attendait son retour. La plupart des marchands aux piliers avaient ainsi un étalage sur le carreau des Halles, gardé par une personne de leur maison, et servant de succursale à leur boutique obscure. Javotte prenait place tous les matins à celui de son père, et, tantôt assise au milieu des marchandises, elle travaillait à des nœuds d'aiguillettes, tantôt elle se levait pour appeler les passants, les saisissait étroitement par le bras, et ne les lâchait guère qu'ils n'eussent fait quelque achat ; ce qui ne l'empêchait pas d'être, au demeurant, la plus timide jeune fille qui jamais eût atteint *l'âge d'un vieil bœuf* sans être encore mariée ; toute pleine de grâce, mignonne, blonde, grande, et légèrement ployée en avant, comme la plupart des filles du commerce dont la taille est élancée et frêle ; enfin, rougissant comme une fraise aux moindres paroles qu'elle disait hors du service de l'étalage, tandis que sur ce point elle ne le cédait à aucune marchande du carreau pour le *bagout* et la *platine* (style commercial d'alors).

A midi, Eustache venait d'ordinaire la remplacer sous le parapluie rouge, pendant qu'elle allait dîner à la boutique avec son père. C'était à ce devoir qu'il se rendait en ce moment, craignant fort que son retour n'eût impatienté Javotte ; mais, d'aussi loin qu'il l'aperçut, elle lui parut très calme, le coude appuyé sur un rouleau de marchandises, et fort attentive à la conversation animée et bruyante d'un beau militaire, penché sur le même rouleau, et qui n'avait pas plus l'air d'un chaland que de toute chose que l'on pût s'imaginer.

— C'est mon futur! dit Javotte en souriant à l'inconnu, qui fit un léger mouvement de tête sans changer de situation; seulement il toisait le commis de bas en haut, avec ce dédain que les militaires témoignent pour les personnes de l'état bourgeois dont l'extérieur est peu imposant.

— Il a un faux air d'un trompette de chez nous, observa-t-il gravement; seulement l'autre a plus de *corporance* dans les jambes; mais tu sais, Javotte, le trompette, dans un escadron, c'est un peu moins qu'un cheval, et un peu plus qu'un chien...

— Voici mon neveu, dit Javotte à Eustache, en ouvrant sur lui ses grands yeux bleus avec un sourire de parfaite satisfaction; il a obtenu un congé pour venir à notre noce. Comme cela se trouve bien, n'est-ce pas? Il est arquebusier à cheval.... Oh! le beau corps! Si vous étiez vêtu comme cela, Eustache... mais vous n'êtes pas assez grand, vous, ni assez fort....

— Et combien de temps, dit timidement le

jeune homme, monsieur nous fera-t-il cet avantage de demeurer à Paris?

— Cela dépend, dit le militaire en se redressant, après avoir fait attendre un peu sa réponse. On nous a envoyés dans le Berry pour exterminer les *croquants*; et, s'ils veulent rester tranquilles quelque temps encore, je vous donnerai un bon mois; mais, de toutes façons, à la Saint-Martin, nous viendrons à Paris remplacer le régiment de M. d'Humières, et alors je pourrai vous voir tous les jours et indéfiniment.

Eustache examinait l'arquebusier à cheval, tant qu'il pouvait le faire sans rencontrer ses regards, et, décidément, il le trouvait hors de toutes les proportions physiques qui conviennent à un neveu.

— Quand je dis tous les jours, reprit ce dernier, je me trompe; car il y a, le jeudi, la grande parade.... Mais nous aurons la soirée, et, de fait, je pourrai toujours souper avec vous ces jours-là.

— Est-ce qu'il compte y dîner les autres? pensa Eustache.... Mais vous ne m'aviez point dit, demoiselle Goubard, que monsieur votre neveu était si....

— Si bel homme? Oh! oui, comme il a renforcé! Dame, c'est que voilà sept ans que nous ne l'avions vu, ce pauvre Joseph; et, depuis ce temps-là, il a passé bien de l'eau sous le pont....

— Et, à lui, bien du vin sous le nez, pensa le commis, ébloui de la face resplendissante de son neveu futur; on ne se met pas la figure en couleur avec de l'eau rougie, et les bouteilles de maître Goubard vont danser le branle des morts avant la noce, et peut-être après....

— Allons dîner, papa doit s'impatienter! dit Javotte en sortant de sa place. Ah! je vais donc te donner le bras, Joseph!... Dire qu'autrefois j'étais la plus grande, quand j'avais douze ans et toi dix; on m'appelait la maman.... Mais comme je vais être fière au bras d'un arquebusier! Tu me conduiras promener, n'est-ce pas? Je sors si peu; je ne puis pas y aller seule; et, le dimanche soir, il faut que j'assiste au salut, parce que je suis de la confrérie de la Vierge, aux Saints-Innocents; je tiens un ruban de guidon....

Ce caquetage de jeune fille, coupé à temps égaux par le pas sonnant du cavalier, cette forme gracieuse et légère qui sautillait enlacée à cette autre massive et roide, se perdirent bientôt dans l'ombre sourde des piliers qui bordent la rue de la Tonnellerie, et ne laissèrent aux yeux d'Eustache qu'un brouillard, et à ses oreilles qu'un bourdonnement.

VII

MISÈRES ET CROIX

Nous avons jusqu'ici emboîté le pas à cette action bourgeoise, sans guère mettre à la conter plus de temps qu'elle n'en a mis à se poursuivre; et maintenant, malgré notre respect, ou plutôt notre profonde estime pour l'observation des unités dans le roman même, nous nous voyons contraints de faire faire à l'une des trois un saut de quelques journées. Les tribulations d'Eustache, relativement à son neveu futur, seraient peut-être assez curieuses à rapporter; mais elles furent cependant moins amères qu'on ne le pourrait juger d'après l'exposition. Eustache se fut bientôt rassuré *à le'ndroit* de sa fiancée : Javotte n'avait fait véritablement que garder une impression un peu trop fraîche de ses souvenirs d'enfance qui, dans une vie si peu accidentée que la sienne, prenaient une importance démesurée. Elle n'avait vu tout d'abord, dans l'arquebusier à cheval, que l'enfant joyeux et bruyant, autrefois le compagnon de ses jeux ; mais elle ne tarda pas à s'apercevoir que cet enfant avait grandi, qu'il avait pris d'autres allures, et elle devint plus réservée à son égard.

Quant au militaire, à part quelques familiarités d'habitude, il ne faisait point paraître envers sa jeune tante de blâmables intentions ; il était même de ces gens assez nombreux à qui les honnêtes femmes inspirent peu de désirs ; et, pour le présent, il disait comme Tabarin, que *la bouteille était sa mie*. Les trois premiers jours de son arrivée, il n'avait pas quitté Javotte, et même il la conduisait le soir au Cours-la-Reine, accompagnée seule-

ment de la grosse servante de la maison, au grand déplaisir d'Eustache. Mais cela ne dura point ; il ne tarda pas à s'ennuyer de sa compagnie, et prit l'habitude de sortir seul tout le jour, ayant, il est vrai, l'attention de rentrer aux heures des repas.

La seule chose donc qui inquiétât le futur époux, c'était de voir ce parent si bien établi dans la maison qui allait devenir sienne après la noce, qu'il ne paraissait pas facile de l'en évincer avec douceur, tant il semblait tous les jours s'y emboîter plus solidement. Pourtant il n'était neveu de Javotte que par alliance, étant né seulement d'une fille que feu l'épouse de maître Goubard avait eue d'un premier mariage.

Mais comment lui faire comprendre qu'il tendait à s'exagérer l'importance des liens de famille, et qu'il avait, à l'égard des droits et des privilèges de la parenté, des idées trop larges, trop arrêtées, et, en quelque sorte, trop patriarcales?

Cependant, il était probable que bientôt il

sentirait de lui-même son indiscrétion, et Eustache se vit obligé de prendre patience, *ainsi que les dames de Fontainebleau quand la cour est à Paris*, comme dit le proverbe.

Mais la noce faite et parfaite ne changea rien aux habitudes de l'arquebusier à cheval, qui même fit espérer qu'il pourrait obtenir, grâce à la tranquillité des *croquants*, de rester à Paris jusqu'à l'arrivée de son corps. Eustache tenta quelques allusions épigrammatiques, que certaines gens prenaient des boutiques pour des hôtelleries, et bien d'autres qui ne furent point saisies, ou qui parurent faibles ; du reste, il n'osait encore en parler ouvertement à sa femme et à son beau-père, ne voulant pas se donner, dès les premiers jours de son mariage, une couleur d'homme intéressé, lui qui leur devait tout.

Avec cela, la compagnie du soldat n'avait rien de bien divertissant : sa bouche n'était que la cloche perpétuelle de sa gloire, laquelle était fondée moitié sur ses triomphes dans les combats singuliers qui le rendaient la terreur de l'armée, moitié sur ses prouesses contre les *croquants*, malheureux paysans français à qui les soldats du roi Henri faisaient la guerre pour n'avoir pu payer la taille, et qui ne paraissaient pas près de jouir de la célèbre *poule au pot*....

Ce caractère de vanterie excessive était alors assez commun, ainsi qu'on le voit par les types des Taillebras et des Capitans Matamores, reproduits sans cesse dans les pièces comiques de l'époque, et doit, je pense, être attribué à l'irruption victorieuse de la Gascogne dans Paris, à la suite du Navarrois. Ce travers s'affaiblit bientôt en s'élargissant, et, quelques années après, le baron de Fœneste en fut le portrait déjà bien adouci, mais d'un comique plus parfait, et enfin la comédie du *Menteur* le montra, en 1662, réduit à des proportions presque communes.

Mais ce qui, dans les façons du militaire, choquait le plus le bon Eustache, c'était une tendance perpétuelle à le traiter en petit garçon, à mettre en lumière les côtés peu favorables de sa physionomie, et enfin à lui donner en toute occasion vis-à-vis de Javotte une couleur ridicule fort désavantageuse dans ces premiers

jours où un nouveau marié a besoin de s'établir sur un pied respectable, et de prendre position pour l'avenir; ajoutez aussi qu'il fallait peu de chose pour froisser l'amour-propre tout neuf et tout roide d'un homme établi en boutique, patenté et assermenté.

Une dernière tribulation ne tarda pas à combler la mesure. Comme Eustache allait faire partie du guet des métiers, et qu'il ne voulait pas, comme l'honnête maître Goubard, faire son service en habit bourgeois et avec une hallebarde prêtée par le quartier, il avait acheté une épée à coquille qui n'avait plus de coquille, une salade et un haubergeon en cuivre rouge que menaçait déjà le marteau d'un chaudronnier, et, ayant passé trois jours à les nettoyer et à les fourbir, il parvint à leur donner un certain lustre qu'ils n'avaient pas avant; mais, quand il s'en revêtit et qu'il se promena fièrement dans sa boutique en demandant s'il avait bonne grâce à porter le harnois, l'arquebusier se prit à rire *comme un tas de mouches au soleil*, et l'assura qu'il avait l'air d'avoir sur lui sa batterie de cuisine.

VIII

LA CHIQUENAUDE

Tout étant disposé de la sorte, il arriva qu'un soir, c'était le 12 ou le 13, un jeudi toujours, Eustache ferma sa boutique de bonne heure; chose qu'il ne se fût pas permise sans l'absence de maître Goubard, qui était parti l'avant-veille pour voir son bien en Picardie, parce qu'il comptait y aller demeurer trois mois plus tard, quand son successeur serait solidement établi en son lieu, et posséderait pleinement la confiance des pratiques et des autres marchands.

Or l'arquebusier, revenant ce soir-là, comme de coutume, trouva la porte close et les lumières éteintes. Cela l'étonna beaucoup, la guette n'étant pas sonnée au Châtelet; et, comme il ne rentrait point d'ordinaire sans être un peu animé par le vin, sa contrariété se traduisit par un gros jurement qui fit tressaillir Eustache dans son entresol, où il n'était pas couché encore, s'effrayant déjà de l'audace de sa résolution.

— Holà! hé! cria l'autre en donnant un coup de pied dans la porte, c'est donc ce soir fête! C'est donc la Saint-Michel, la fête des drapiers, des tire-laine et des vide-goussets?...

Et il tambourinait du poing sur la devanture; mais cela ne produisit pas plus d'effet que s'il eût pilé de l'eau dans un mortier.

— Ohé! mon oncle et ma tante!... voulez-vous donc me faire coucher en plein vent, sur le grès, au risque d'être gâté par les chiens et les autres bêtes?... Holà! hé! diantre soit des parents! Ils en sont corbleu capables!... Et la nature donc, manants! Ho! ho! descends vitement, bourgeois, c'est de l'argent qu'on t'apporte!... Le cancre te vienne, vilain maroufle!

Toute cette harangue du pauvre neveu n'émouvait aucunement le visage de bois de la porte; il usait à rien ses paroles, comme le vénérable Bède prêchant à un tas de pierres.

Mais quand les portes sont sourdes, les fenêtres ne sont pas aveugles, et il y a un moyen fort simple de leur éclaircir le regard : le soldat se fit tout d'un coup ce raisonnement; il sortit de la galerie sombre des piliers, se recula jusqu'au milieu de la rue de la Tonnellerie, et, ramassant à ses pieds un tesson, l'adressa si bien, qu'il éborgna l'une des petites fenêtres de l'entresol. C'est un incident à quoi Eustache n'avait nullement songé, un point d'interrogation formidable à cette question où se résumait tout le monologue du militaire : Pourquoi donc n'ouvre-t-on pas la porte?...

Eustache prit subitement une résolution ; car

un couard qui s'est monté la tête ressemble à un vilain qui se met en dépense, et pousse toujours les choses à l'extrême ; mais de plus, il

avait à cœur de se bien montrer une fois devant sa nouvelle épousée, qui pouvait avoir pris pour lui peu de respect en le voyant depuis plusieurs jours servir de quintaine au militaire, avec cette différence que la quintaine rend quelquefois de bons coups pour ceux qu'on lui porte continuellement. Il tira donc son feutre de travers, et eut dégringolé l'escalier étroit de son entresol avant que Javotte songeât à l'arrêter. Il décrocha sa rapière en passant dans l'arrière-boutique, et seulement quand il sentit dans sa main brûlante le froid de la poignée en cuivre, il s'arrêta un instant et ne chemina plus qu'avec des pieds de plomb vers sa porte, dont il tenait la clef de l'autre main. Mais une seconde vitre qui se cassa avec grand bruit, et les pas de sa femme qu'il entendit derrière les siens, lui rendirent toute son énergie ; il ouvrit précipitamment la porte massive, et se planta sur le seuil avec son épée nue, comme l'archange à l'*huis du paradis terrien*.

— Que veut donc ce coureur de nuit? ce méchant ivrogne à un sou le pot? ce casseur de plats fêlés?... cria-t-il d'un ton qui eût été tremblant pour peu qu'il l'eût pris deux notes plus bas. Est-ce de la façon qu'on se comporte avec les gens honnêtes?... Çà, tournez-nous les talons sans retard, et vous en allez dormir sous les charniers avec vos pareils, ou j'appelle mes voisins et les gens du guet pour vous prendre!

— Oh! oh! voilà comme tu chantes à présent, coquecigrue? on t'a donc sifflé ce soir avec une trompette?... Oh! bien, c'est différent... j'aime à te voir parler tragiquement comme Tranchemontagne, et les gens de cœur sont mes mignons.... Viens çà que je t'accole, picrochole!...

— Va-t'en, ribleur! Entends-tu les voisins s'éveiller au bruit et qui vont te conduire au premier corps de garde, comme un affronteur et un larron? va-t'en donc sans plus d'esclandre, et ne reviens point!

Mais, au contraire, le soldat s'avançait entre les piliers, ce qui émoussa un peu la fin de la réplique d'Eustache :

— C'est bien parlé! dit-il à ce dernier : l'avis est honnête et mérite qu'on le paye....

Le temps de compter deux, il était tout près et avait lâché sur le nez du jeune marchand drapier une chiquenaude à le lui rendre cramoisi :

— Garde tout, si tu n'as pas de monnaie! s'écria-t-il; et sans adieu, mon oncle!

Eustache ne put endurer patiemment cet affront, plus humiliant encore qu'un soufflet, devant sa nouvelle épousée, et, nonobstant les efforts qu'elle faisait pour le retenir, il s'élança vers son adversaire, qui s'en allait, et lui porta un coup de taillant qui eût fait honneur au bras du preux Roger, si l'épée eût été une *balisarde*; mais elle ne coupait plus depuis les guerres de religion, et n'entama point le buffle du soldat; celui-ci lui saisit aussitôt les deux mains dans les siennes, de telle sorte que l'épée tomba d'abord, et qu'ensuite le patient se mit à crier si haut qu'il ne le pouvait davantage, allongeant de furieux coups de pieds sur les bottes molles de son *tourmenteur*.

Heureusement que Javotte s'interposa, car les voisins regardaient bien la lutte par leurs fenêtres, mais ne songeaient guère à descendre pour y mettre fin; et Eustache, tirant ses doigts bleuâtres de l'étau naturel qui les avait serrés, eut à les frotter longtemps pour leur faire

perdre la figure carrée qu'ils y avaient prise.

— Je ne te crains pas, s'écria-t-il, et nous nous reverrons! Trouve-toi, si tu as seulement le cœur d'un chien, trouve-toi demain matin au Pré-aux-Clercs!... A six heures, bélître! et nous nous battrons à mort, coupe-jarret!

— L'endroit est bien choisi, mon championnet, et nous ferons en gentilshommes! A demain donc ; par saint Georges, la nuit te paraîtra courte!

Le militaire prononça ces mots avec un ton de considération qu'il n'avait pas montré jusque-là. Eustache se retourna fièrement vers sa femme; son cartel l'avait grandi de six empans. Il ramasssa son épée et poussa sa porte à grand bruit.

IX

LE CHATEAU-GAILLARD

Le jeune marchand drapier, se réveillant, se trouva tout dégrisé de son courage de la veille. Il ne fit point difficulté de s'avouer qu'il avait été très ridicule en proposant un duel à l'arquebusier, lui qui ne savait manier d'autre arme que la demi-aune, dont il s'était escrimé souvent, du temps de son apprentissage, avec ses compagnons dans le clos des Chartreux. Partant, il ne tarda guère à prendre la ferme résolution de rester chez lui et de laisser son adversaire promener son béjaune dans le Pré-aux-Clercs, en se balançant sur ses pieds comme un *oison bridé*.

Quand l'heure fut passée, il se leva, ouvrit sa boutique et ne parla point à sa femme de la scène de la veille, comme elle évita, de son côté, d'y faire la moindre allusion. Ils déjeunèrent silencieusement ; après quoi Javotte alla, comme à l'ordinaire, s'établir sous le parapluie rouge, laissant son mari occupé, avec sa servante, à visiter une pièce de drap et à en marquer les défauts. Il faut bien dire qu'il tournait souvent les yeux vers la porte, et tremblait à chaque instant que son redoutable parent ne vînt lui reprocher sa couardise et son manque de parole. Or, vers huit heures et demie, il aperçut de loin l'uniforme de l'arquebusier poindre sous la galerie des piliers, encore baigné d'ombres comme un reître de Rembrandt, qui luit par trois paillettes, celle du morion, celle du haubert et celle du nez ; funeste apparition qui s'agrandissait et s'éclaircissait rapidement, et dont le pas métallique semblait battre chaque minute de la dernière heure du drapier.

Mais le même uniforme ne recouvrait point le même moule, et, pour parler plus simplement, c'était un militaire compagnon de l'autre, qui s'arrêta devant la boutique d'Eustache, remis à grand'peine de sa frayeur, et lui adressa la parole d'un ton très calme et très civil.

Il lui fit connaître d'abord que son adversaire, l'ayant attendu pendant deux heures au lieu du rendez-vous sans le voir arriver, et jugeant qu'un accident imprévu l'avait empêché de s'y rendre, retournerait le lendemain, à la même heure, au même endroit, y demeurerait le même espace de temps, et que, si c'était sans plus de succès, il se transporterait ensuite à sa boutique, lui couperait les deux oreilles, et les lui mettrait dans sa poche, comme avait fait, en 1605, le célèbre Brusquet à un écuyer du duc de Chevreuse pour le même sujet, action qui obtint l'applaudissement de la cour et fut généralement trouvée de bon goût.

Eustache répondit à cela que son adversaire faisait tort à son courage par une menace pareille, et qu'il aurait à lui rendre raison doublement; il ajouta que l'obstacle ne venait point d'une autre cause que de ce qu'il n'avait pu trouver encore quelqu'un pour lui servir de second.

L'autre parut satisfait de cette explication, et voulut bien instruire le marchand qu'il trouverait d'excellents *seconds* sur le pont Neuf, devant la Samaritaine, où ils se promenaient d'ordinaire ; gens qui n'avaient point d'autre profession, et qui, pour un écu, se chargeaient d'embrasser la querelle de qui que ce fût, et même d'apporter des épées. Après ces observations, il fit un salut profond, et se retira.

Eustache, resté seul, se mit à songer, et demeura longtemps dans cet état de perplexité : son esprit *fourchait* à trois résolutions principales. Tantôt il voulait donner avis au lieutenant civil de l'importunité du militaire et de ses menaces, et lui demander l'autorisation de porter des armes pour sa défense ; mais cela aboutissait toujours à un combat. Ou bien il se décidait à se rendre sur le terrain, en avertissant les sergents, de façon qu'ils arrivassent au moment même où le duel commencerait ; mais ils pouvaient arriver quand il serait fini. Enfin, il songeait aussi à s'en aller consulter le bohémien du pont Neuf, et c'est à cela qu'il se résolut en dernier lieu.

A midi, la servante remplaça, sous le parapluie rouge, Javotte, qui vint dîner avec son mari; celui-ci ne lui parla point, pendant le repas, de la visite qu'il avait reçue; mais il la pria ensuite de garder la boutique pendant qu'il irait *faire l'article* chez un gentilhomme nouvellement arrivé, et qui voulait se faire habiller. Il prit en effet son sac d'échantillons, et se dirigea vers le pont Neuf.

Le Château-Gaillard, situé au bord de l'eau, à l'extrémité méridionale du pont, était un petit bâtiment surmonté d'une tour ronde, qui avait servi de prison dans son temps, mais qui maintenant commençait à se ruiner et se crevasser, et n'était guère habitable que pour ceux qui n'avaient point d'autre asile. Eustache, après avoir marché quelque temps d'un pas mal assuré parmi les pierres dont le sol était couvert, rencontra une petite porte au centre de laquelle une souris chauve était clouée. Il y frappa doucement, et le singe de maître

Gonin lui ouvrit aussitôt en levant un loquet, service auquel il était dressé, comme le sont quelquefois les chats domestiques.

L'escamoteur était à une table et lisait. Il se retourna gravement, et fit signe au jeune homme de s'asseoir sur un escabeau. Quand celui-ci lui eut conté son aventure, il l'assura que c'était la chose du monde la moins fâcheuse, mais qu'il avait bien fait de s'adresser à lui.

— C'est un *charme* que vous demandez, ajouta-t-il, un charme magique pour vaincre votre adversaire à coup sûr ; n'est-ce pas cela qu'il vous faut ?

— Oui-dà, si cela se peut.

— Bien que tout le monde se mêle d'en composer, vous n'en trouverez nulle part d'aussi assurés que les miens ; encore ne sont-ils pas, comme d'aucuns, formés par art diabolique ; mais ils résultent d'une science approfondie de la blanche magie, et ne peuvent, en aucune façon, compromettre le salut de l'âme.

— Bon cela, dit Eustache, autrement je me garderais d'en user. Mais combien coûte votre œuvre magique? car encore faut-il que je sache si je la pourrai payer.

— Songez que c'est la vie que vous achetez là, et la gloire encore par-dessus. Ce point convenu, pensez-vous que, pour ces deux choses excellentes, on puisse exiger moins que cent écus?

— Cent diables pour t'emporter! grommela Eustache, dont la figure s'obscurcit; c'est plus que je possède!... Et que me sera la vie sans pain et la gloire sans habits? Encore peut-être est-ce là une fausse promesse de charlatan dont on leurre les personnes crédules.

— Vous ne payerez qu'après.

— C'est quelque chose.... Enfin, quel gage en voulez-vous?

— Votre main seulement.

— Eh bien donc.... Mais je suis un grand fat d'écouter vos sornettes! Ne m'avez-vous pas prédit que je finirais par la hart?

— Sans doute, et je ne m'en dédis point.

— Or donc, si cela est, qu'ai-je donc à redouter de ce duel?

— Rien, sinon quelques estocades et estafilades, pour ouvrir à votre âme les portes plus grandes.... Après cela, vous serez ramassé et hissé néanmoins à la *demi-croix*, haut et court, mort ou vif, comme l'ordonnance le porte, et ainsi votre destinée se verra accomplie. Comprenez-vous cela?

Le drapier comprit tellement qu'il s'empressa d'offrir sa main à l'escamoteur, en forme de consentement, lui demandant dix jours pour trouver la somme, à quoi l'autre s'accorda, après avoir noté sur le mur le jour fixe de l'échéance. Ensuite il prit le livre du grand Albert, commenté par Corneille Agrippa et l'abbé Trithème, l'ouvrit à l'article des *combats singuliers*, et, pour assurer davantage Eustache que son opération n'aurait rien de diabolique, lui dit qu'il pourrait cependant réciter ses prières, sans crainte d'y apporter aucun obstacle. Il leva alors le couvercle d'un bahut, en tira un pot de terre non vernissé, et y fit le mélange de divers ingrédients qui paraissaient lui être indiqués par son livre, en prononçant à voix basse

une sorte d'incantation. Quand il eut fini, il prit la main droite d'Eustache, qui, de l'autre, faisait le signe de la croix, et l'oignit jusqu'au poignet de la mixtion qu'il venait de composer. Ensuite il tira encore du bahut un flacon très vieux et très gras, et le renversant lentement, répandit quelques gouttes sur le dos de la main, en prononçant des mots latins qui se rapprochaient de la formule que les prêtres emploient pour le baptême.

Alors seulement Eustache ressentit dans tout le bras une sorte de commotion électrique qui l'effraya beaucoup; sa main lui sembla comme engourdie, et cependant, chose bien étrange, elle se tordit et s'allongea plusieurs fois à faire craquer ses articulations, comme un animal qui s'éveille; puis il ne sentit plus rien, la circulation parut se rétablir, et maître Gonin s'écria que tout était fini, et qu'il pouvait bien à présent défier à l'épée les *plus roides* plumets de la cour et de l'armée, et leur percer des boutonnières pour tous les boutons inutiles dont la mode surchargeait alors leurs vêtements.

X

LE PRÉ-AUX-CLERCS

Le lendemain matin, quatre hommes traversaient les vertes allées du Pré-aux-Clercs en cherchant un endroit convenable et suffisamment écarté. Arrivés au pied du petit coteau qui bordait la partie méridionale, ils s'arrêtèrent sur l'emplacement d'un jeu de boules, qui leur parut un terrain très propre à s'escrimer commodément. Alors Eustache et son adversaire mirent bas leurs pourpoints, et les témoins les visitèrent, selon l'usage, *sous la chemise et sous les chausses*. Le drapier n'était pas sans émotion, mais pourtant il avait foi dans le charme du bohémien; car on sait que jamais les opérations magiques, charmes, philtres et *envoultements* n'eurent plus de crédit qu'à cette époque, où ils donnèrent lieu à tant de procès dont les registres des parlements sont remplis, et dans lesquels les juges eux-mêmes partageaient la crédulité générale.

Le témoin d'Eustache, qu'il avait pris sur le pont Neuf et payé un écu, salua l'ami de l'arquebusier, et lui demanda s'il était dans l'intention de se battre aussi; l'autre lui ayant fait réponse que non, il se croisa les bras avec indifférence, et se recula pour voir faire les champions.

Le drapier ne put se garder d'un certain mal de cœur quand son adversaire lui fit le salut d'armes, qu'il ne rendit point. Il demeurait immobile, tenant son épée devant lui comme un cierge, et si mal planté sur ses jambes, que le militaire, qui au fond n'avait pas le cœur mauvais, se promit bien de ne lui faire qu'une égratignure. Mais à peine les rapières se furent-elles touchées, qu'Eustache s'aperçut que sa main entraînait son bras en avant, et se démenait d'une rude façon. Pour mieux dire, il ne la sentait plus que par le tiraillement puissant qu'elle exerçait sur les muscles de son bras; ses mouvements avaient une force et une élasticité prodigieuse, que l'on pourrait comparer à celle d'un ressort d'acier; aussi le militaire eut-il le poignet presque faussé en parant le coup de tierce;

mais le coup de quarte envoya son épée à dix pas, tandis que celle d'Eustache, sans se reprendre et du même mouvement dont elle était lancée, lui traversa le corps si violemment que la coquille s'imprima sur sa poitrine. Eustache, qui ne s'était pas fendu, et que la main avait entraîné par une secousse imprévue, se fût brisé la tête en tombant de toute sa longueur si elle n'eût porté sur le ventre de son adversaire.

— Tudieu, quel poignet!... s'écria le témoin du soldat; ce gars-là en remontrerait au chevalier *Tord-Chêne*! Il n'a pas la grâce pour lui, ni le physique; mais, pour la roideur du bras, c'est pire qu'un arc du pays de Galles!

Cependant Eustache s'était relevé avec l'aide de son témoin, et demeura un instant absorbé sur ce qui venait de se passer; mais quand il put distinguer clairement l'arquebusier étendu à ses pieds, et que l'épée fixait en terre, comme un crapaud cloué dans un cercle magique, il se prit à fuir de telle sorte, qu'il oublia sur l'herbe son pourpoint des dimanches, tailladé et garni de passements de soie.

Or, comme le soldat était bien mort, les deux seconds n'avaient rien à gagner en resjant sur le terrain, et ils s'éloignèrent rapidement. Ils avaient fait une centaine de pas,

quand celui d'Eustache s'écria en se frappant le front :

— Et mon épée que j'avais prêtée, et que j'oublie!

Il laissa l'autre poursuivre son chemin, et, revenu au lieu du combat, se mit à retourner curieusement les poches du mort, où il ne trouva que des dés, un bout de ficelle et un jeu de tarots sale et écorné.

— *Floutière*! et puis *floutière*! murmura-t-il; encore un marpaut qui n'a ni *michon* ni *tocante*! Le *glier t'entrolle*, souffleur de mèches!

L'éducation encyclopédique du siècle nous dispense d'expliquer, dans cette phrase, autre chose que le dernier terme, lequel faisait allusion à l'état d'arquebusier du défunt.

Notre homme, n'osant rien emporter de l'uniforme, dont la vente l'eût pu compromettre, se borna à tirer les bottes du militaire, les roula sous sa cape avec le pourpoint d'Eustache, et s'éloigna en maugréant.

XI

OBSESSION

Le drapier fut plusieurs jours sans sortir de chez lui, le cœur navré de cette mort tragique, qu'il avait causée pour des offenses assez légères et par un moyen condamnable et damnable en ce monde comme en l'autre. Il y avait des instants où il considérait tout cela comme un rêve, et n'eût été son pourpoint oublié sur l'herbe, témoin irrécusable qui *brillait par son absence*, il eût démenti l'exactitude de sa mémoire.

Un soir, enfin, il voulut se brûler les yeux à l'évidence, et se rendit au Pré-aux-Clercs comme pour s'y promener. Sa vue se troubla en reconnaissant le jeu de boules où le duel avait eu lieu, et il fut obligé de s'asseoir. Des procureurs y jouaient, comme c'est leur usage avant souper; et Eustache, dès que le brouillard qui couvrait ses yeux se fut dissipé, crut distinguer sur le terrain uni, entre les pieds écartés de l'un d'eux, une large plaque de sang.

Il se leva convulsivement, et pressa sa

marche pour sortir de la promenade, ayant toujours devant les yeux la plaque de sang qui, gardant sa forme, se posait sur tous les objets où son regard s'arrêtait en passant, comme ces taches livides qu'on voit longtemps voltiger autour de soi quand on a fixé les yeux sur le soleil.

En revenant chez lui, il crut s'apercevoir qu'on l'avait suivi; alors seulement il songea que des gens de l'hôtel de la reine Marguerite, devant lequel il avait passé l'autre matin et ce soir-là même, l'avaient peut-être reconnu; et, quoique les lois sur le duel ne fussent point à cette époque exécutées à la rigueur, il réfléchit qu'on pouvait fort bien juger à propos de faire pendre un pauvre marchand pour l'enseignement des gens de cour, auxquels on n'osait point alors s'attaquer comme on le fit plus tard.

Ces pensées et plusieurs autres lui procurèrent une nuit fort agitée : il ne pouvait fermer l'œil un instant sans voir mille gibets lui montrer les poings, de chacun desquels pendait au bout d'une corde un mort qui se tordait de rire horriblement, ou un squelette dont les côtes se dessinaient avec netteté sur la face large de la lune.

Mais une idée heureuse vint balayer toutes

ces visions *fourchues* : Eustache se ressouvint du lieutenant civil, vieille pratique de son beau-père, et qui lui avait déjà fait un accueil assez bienveillant ; il se promit d'aller le lendemain le trouver, et de se confier entièrement à lui, persuadé qu'il le protégerait au moins en considération de Javotte, qu'il avait vue et caressée toute petite, et de maître Goubard, dont il faisait grande estime.

Le pauvre marchand s'endormit enfin et reposa jusqu'au matin sur l'oreiller de cette bonne résolution.

Le lendemain, vers neuf heures, il frappait à la porte du magistrat. Le valet de chambre, supposant qu'il venait pour prendre mesure d'habits, ou pour proposer quelque achat, l'introduisit aussitôt près de son maître, qui, à demi renversé dans un grand fauteuil à oreillettes, faisait une lecture réjouissante. Il tenait à la main l'ancien poème de Merlin Coccaie, et se délectait singulièrement du récit des prouesses de Balde, le vaillant prototype de Pantagruel, et plus encore des subtilités et larronneries sans égales de Cingar, ce grotesque patron sur lequel notre Panurge se modela si heureusement.

Maître Chevassut en était à l'histoire des moutons, dont Cingar débarrasse la nef en jetant à la mer celui qu'il a payé, et que tous les autres suivent aussitôt, quand il s'aperçut de la visite qui lui venait, et, posant le livre sur une table, se tourna vers son drapier d'un air de belle humeur.

Il le questionna sur la santé de sa femme et de son beau-père, et lui fit toutes sortes de plaisanteries banales touchant son nouvel état de marié. Le jeune homme prit occasion de ce propos pour en venir à son aventure, et ayant récité toute la suite de sa querelle avec l'arquebusier, encouragé par l'air paterne du magistrat, lui fit aussi l'aveu du triste dénouement qu'elle avait eu.

L'autre le regarda avec le même étonnement que s'il eût été le bon géant Fracasse de son livre, ou le fidèle Falquet qui avait l'arrière-train d'un lévrier, au lieu de maître Eustache Bouteroue, marchand sous les piliers : car, encore qu'il eût appris déjà que l'on soupçonnait ledit Eustache, il n'avait pu donner la moindre créance à ce rapport, à ce fait d'armes d'une épée clouant contre terre un soldat du *roi*, attribué à un *courtaud* de boutique, haut de taille comme Gribouille ou Triboulet.

Mais quand il ne put davantage douter du fait, il assura le pauvre drapier qu'il ferait de tout son pouvoir pour assourdir la chose et pour dépister de sa trace les gens de justice, lui promettant, pourvu que les témoins ne l'accusassent point, qu'il pourrait bientôt vivre en repos et *franc du collier*.

Maître Chevassut l'accompagnait même jusqu'à la porte en lui réitérant ses assurances, quand, au moment de prendre humblement congé de lui, Eustache s'avisa de lui appliquer un soufflet à lui effacer la figure, un soufflet qui fit au magistrat une face mi-partie de rouge et de bleu comme l'écusson de Paris, de quoi il demeura plus étonné *qu'un fondeur de cloches*, ouvrant la bouche d'un pied ou deux, et aussi incapable de parler qu'un poisson privé de sa langue.

Le pauvre Eustache fut si épouvanté de cette action qu'il se précipita aux pieds de maître Chevassut, et lui demanda pardon de son irrévérence avec les termes les plus suppliants et les plus piteuses protestations, jurant que c'était quelque mouvement convulsif imprévu, où sa volonté n'entrait pour rien, et dont il espérait miséricorde de lui comme du bon Dieu. Le vieillard le releva, plus étonné que colère; mais à peine fut-il sur ses pieds qu'il donna, du revers de sa main, sur l'autre joue, un pendant à l'autre

soufflet, tel que les cinq doigts y imprimèrent un *bon creux* où l'on aurait pu les mouler.

Pour cette fois, cela devenait insupportable, et maître Chevassut courut à sa sonnette pour appeler ses gens; mais le drapier le poursuivit, continuant la danse, ce qui formait une scène singulière, parce qu'à chaque maître soufflet dont il gratifiait son protecteur, le malheureux se confondait en excuses larmoyantes et en supplications étouffées, dont le contraste avec son action était des plus réjouissants; mais en vain cherchait-il à s'arrêter dans les élans où sa main l'entraînait, il semblait un enfant qui tient un grand oiseau par une corde attachée à sa patte. L'oiseau tire par tous les coins de sa chambre l'enfant effrayé, qui n'ose le laisser envoler, et qui n'a point la force de l'arrêter. Ainsi, le malencontreux Eustache était tiré par sa main à la poursuite du lieutenant civil, qui tournait autour des tables et des chaises, et sonnait et criait, outré de rage et de souffrance. Enfin les valets entrèrent, s'emparèrent d'Eustache Bouteroue, et le jetèrent à bas étouffant et défaillant. Maître Chevassut, qui ne croyait guère à la magie blanche, ne devait penser autre chose sinon qu'il avait été joué et maltraité par le jeune homme pour quelque raison qu'il ne pouvait s'expliquer; aussi fit-il chercher les sergents, auxquels il abandonna son homme sous la double accusation de meurtre en duel et d'outrages manuels à un magistrat dans son propre logis. Eustache ne sortit de sa défaillance qu'au grincement des verrous ouvrant le cachot qu'on lui destinait.

— Je suis innocent!... cria-t-il au geôlier qui l'y poussait.

— Oh, vertubleu! lui répliqua gravement cet homme, où donc croyez-vous être? Nous n'en avons jamais ici que de ceux-là!

XII

D'ALBERT LE GRAND ET DE LA MORT

Eustache avait été descendu dans une de ces logettes du Châtelet dont Cyrano disait qu'en l'y voyant on l'eût pris pour une bougie sous une ventouse.

— Si l'on me donne, ajoutait-il après en avoir visité tous les recoins ensemble par une pirouette, si l'on me donne ce vêtement de roc pour un habit, il est trop large ; si c'est pour un tombeau, il est trop étroit. Les poux y ont des dents plus longues que le corps, et l'on y souffre sans cesse de la pierre, qui n'est pas moins douloureuse pour être extérieure.

Là notre héros put faire à loisir des réflexions sur sa mauvaise fortune, et maudire le fatal secours qu'il avait reçu de l'escamoteur, qui avait distrait ainsi un de ses membres de l'autorité naturelle de sa tête; d'où toutes sortes de désordres devaient résulter forcément. Aussi sa surprise fut-elle grande de le voir un jour descendre en son cachot, et lui demander d'un ton calme comment il s'y trouvait.

— Que le diable te pende avec tes tripes! méchant hâbleur et jeteur de sorts, lui fit-il, pour tes enchantements damnés!

— Qu'est-ce donc, répondit l'autre; suis-je cause pourquoi vous n'êtes pas venu le dixième jour faire lever le charme en m'apportant la somme dite?

— Hé!... savais-je aussi qu'il vous fallût si vite cet argent, dit Eustache un peu moins haut, à vous qui faites de l'or à volonté, comme l'écrivain Flamel?

— Point, point! fit l'autre, c'est bien le contraire! J'y viendrai sans doute à ce grand œuvre hermétique, étant tout à fait sur la voie; mais je n'ai encore réussi qu'à transmuter l'or fin en un fer très bon et très pur : secret qu'avait aussi trouvé le grand Raymond Lulle sur la fin de ses jours....

— La belle science! dit le drapier. Çà! vous venez donc m'ôter d'ici à la fin; pardignes! c'est bien raison! et je n'y comptais plus guère....

— Voici justement l'enclouure, mon compagnon! C'est en effet à quoi je compte bientôt réussir, que d'ouvrir ainsi les portes sans clefs, pour entrer et sortir; et vous allez voir par quelle opération on y parvient.

Disant cela, le bohémien tira de sa poche son livre d'Albert le Grand, et, à la clarté de la lanterne qu'il avait apportée, il lut le paragraphe qui suit :

« MOYEN HÉROÏQUE DONT SE SERVENT LES SCÉLÉRATS POUR S'INTRODUIRE DANS LES MAISONS.

« On prend la main coupée d'un pendu, qu'il faut lui avoir achetée avant la mort; on la plonge, en ayant soin de la tenir presque fermée, dans un vase de cuivre contenant du zimac et du salpêtre, avec de la graisse de *spondillis*. On expose le vase à un feu clair de fougère et de verveine; de sorte que la main s'y trouve, au bout d'un quart d'heure, parfaitement desséchée et propre à se conserver longtemps. Puis, ayant composé une chandelle avec de la graisse de veau marin et du sésame de Laponie, on se sert de la main comme d'un martinet pour y tenir cette chandelle allumée; et, par tous les lieux où l'on va, la portant devant soi, les barres tombent, les serrures s'ouvrent, et toutes les personnes que l'on rencontre demeurent immobiles.

« Cette main ainsi préparée reçoit le nom de *main de gloire.* »

— Quelle belle invention! s'écria Eustache Bouteroue.

— Attendez donc; quoique vous ne m'ayez pas vendu votre main, elle m'appartient cependant, parce que vous ne l'avez point dégagée au jour convenu, et la preuve de cela est que, une fois l'échéance passée, elle s'est de façon que je puisse en jouir au plus tôt. Demain le Parlement vous jugera à la hart; après-demain la sentence s'accomplira, et le soir même je cueillerai ce fruit tant convoité et l'accommoderai de la manière qu'il faut.

— Non-dà! s'écria Eustache; et je veux, dès demain, dire à *messieurs* tout le mystère.

— Ah! c'est bon, faites cela... et seulement vous serez brûlé vif pour avoir usé de magie, ce qui vous habituera par avance à la broche de M. le diable.... Mais ceci même ne sera point, car votre horoscope porte la hart, et rien ne peut vous en distraire!

Alors le misérable Eustache se mit à crier si fort et à pleurer si chaudement, que c'était grande pitié.

— Eh, là, là! mon ami cher, lui fit doucement maître Gonin, pourquoi se bander ainsi contre la destinée?

— Sainte Dame! c'est aisé de parler, sanglota Eustache; mais quand la mort est là tout proche....

— Eh bien, qu'est-ce donc que la mort, que l'on s'en doive tant étonner?... Moi j'estime la mort une rave!

« Nul ne meurt avant son heure! » dit Sénèque le Tragique.

Êtes-vous donc seul son vassal, à cette dame camarde? Aussi le suis-je, et celui-là, un tiers, un quart, Martin, Philippe!... La mort n'a respect à aucun. Elle est si hardie, qu'elle condamne, tue et prend indifféremment papes, empereurs, rois, comme prévôts, sergents et autres telles canailles.

Donc, ne vous affligez point de faire ce que tous les autres feront plus tard; leur condition est plus déplorable que la vôtre; car, si la mort est un mal, elle n'est mal qu'à ceux qui ont à mourir. Ainsi, vous n'avez plus qu'un jour de ce mal, et la plupart des autres en ont vingt ou trente ans, et davantage.

Un ancien disait : « L'heure qui vous a donné la vie l'a déjà diminuée ». Vous êtes en la mort pendant que vous êtes en la vie; car, quand vous n'êtes plus en vie, vous êtes après la mort; ou, pour mieux dire et bien terminer : la mort ne vous concerne ni mort ni vif : vif, parce que vous êtes; mort, parce que vous n'êtes plus!

Qu'il vous suffise, mon ami, de ces raisonnements, pour vous bien encourager à boire cette absinthe sans grimace, et méditez encore d'ici là un beau vers de Lucretius dont voici le sens :

« Vivez aussi longtemps que vous pourrez, vous n'ôterez rien à l'éternité de votre mort! »

Après ces belles maximes quintessenciées des anciens et des modernes, subtilisées et sophistiquées dans le goût du siècle, maître Gonin releva sa lanterne, frappa à la porte du cachot, que le geôlier vint lui rouvrir, et les ténèbres retombèrent sur le prisonnier comme une chape de plomb.

XIII

OU L'AUTEUR PREND LA PAROLE

Les personnes qui désireront savoir tous les détails du procès d'Eustache Bouteroue en trouveront les pièces dans les *Arrêts mémorables du Parlement de Paris*, qui sont à la bibliothèque des manuscrits, et dont M. Paris leur facilitera la recherche avec son obligeance accoutumée. Ce procès tient sa place alphabétique immédiatement avant celui du baron de

Boutteville, très curieux aussi, à cause de la singularité de son duel avec le marquis de Bussi, où, pour mieux braver les édits, il vint exprès de Lorraine à Paris, et se battit dans la place Royale même, à trois heures après midi, et le propre jour de Pâques (1627). Mais ce n'est point de cela qu'il s'agit ici. Dans le procès d'Eustache Bouteroue, il n'est question que du duel et des outrages au lieutenant civil, et non du charme magique qui causa tout ce désordre. Mais une note annexée aux autres pièces renvoie au *Recueil des histoires tragicques de Belleforest* (édition de la Haye, celle de Rouen étant incomplète); et c'est là que se trouvent encore les détails qui nous restent à donner sur cette aventure, que Belleforest intitule assez heureusement *Main possédée*.

XIV

CONCLUSION

Le matin de son exécution, Eustache, que l'on avait logé dans une cellule mieux éclairée que l'autre, reçut la visite d'un confesseur, qui lui marmonna quelques consolations spirituelles d'un aussi grand goût que celles du bohémien, lesquelles ne produisirent guère plus d'effet. C'était un tonsuré de ces bonnes familles où l'un des enfants est toujours abbé de son nom; il avait un rabat brodé, la barbe cirée et tordue en pointe de fuseau, et une paire de moustaches, de celles qu'on nomme *crocs*, troussée très galamment; ses cheveux étaient fort frisés, et il affectait de parler un peu gras pour se donner un langage mignard. Eustache, le voyant si léger et si *pimpant*, n'eut point le cœur de lui avouer toute sa *coulpe*, et se confia en ses propres prières pour en obtenir le pardon.

Le prêtre lui donna l'absolution, et, pour passer le temps, comme il fallait qu'il demeurât jusqu'à deux heures auprès du condamné, lui présenta un livre intitulé *les Pleurs de l'âme pénitente, ou le Retour du pécheur vers son Dieu.* Eustache ouvrit le volume à l'endroit du privilège royal, et se mit à le lire avec beaucoup de componction, commençant par : *Henry, roy de France et de Navarre, à nos amés et féaulx*, etc., jusqu'à la phrase : *à ces causes, voulant traiter favorablement ledit exposant....* Là, il ne put s'empêcher de fondre en larmes, et rendit le livre en disant que c'était fort touchant et qu'il craignait trop de s'attendrir en en lisant davantage. Alors le confesseur tira de sa poche un jeu de cartes fort bien peint, et proposa à son pénitent quelques parties où il lui gagna un peu d'argent que Javotte lui avait fait passer pour qu'il pût se procurer quelques soulagements. Le pauvre homme ne songeait guère à son jeu, mais il est vrai aussi que la perte lui était peu sensible.

A deux heures il sortit du Châtelet, *tremblant le grelot* en disant les patenôtres du

singe, et fut conduit sur la place des Augustins, entre les deux arcades formant l'entrée de la rue Dauphine et la tête du pont Neuf, où il eut l'honneur d'un gibet de pierre. Il montra assez de fermeté sur l'échelle, car beaucoup de gens le regardaient, cette place d'exécution étant une des plus fréquentées. Seulement, comme pour faire ce grand *saut sur rien* on prend le plus de champ que l'on peut, dans le moment où l'exécuteur s'apprêtait à lui passer la corde au cou, avec autant de cérémonie que si c'eût été la toison d'or, car ces sortes de personnes, exerçant leur profession devant le public, mettent d'ordinaire beaucoup d'adresse et même de grâce dans les choses qu'ils font, Eustache le pria de vouloir bien arrêter un instant, qu'il eût débridé encore deux oraisons à saint Ignace et à saint Louis de Gonzague, qu'il avait, entre tous les autres saints, réservés pour les derniers, comme n'ayant été béatifiés que cette même année 1609; mais cet homme lui fit réponse que le public qui était là avait ses affaires, et qu'il était malséant de le faire attendre autant pour un si petit spectacle qu'une simple pendaison; la corde qu'il serrait cependant en le poussant hors de l'échelle coupa en deux la repartie d'Eustache.

On assure que, lorsque tout semblait terminé et que l'exécuteur s'allait retirer chez lui, maître Gonin se montra à une des embrasures du Château-Gaillard, qui donnait du côté de la place. Aussitôt, bien que le corps du drapier fût parfaitement lâche et inanimé, son bras se leva, et sa main s'agita joyeusement comme la queue d'un chien qui revoit son maître. Cela fit naître dans la foule un long cri de surprise, et ceux qui déjà étaient en marche pour s'en retourner revinrent en grande hâte, comme des gens qui ont cru la pièce finie, tandis qu'il reste encore un acte.

L'exécuteur replanta son échelle, tâta aux pieds du pendu derrière les chevilles : le pouls ne battait plus ; il coupa une artère, le sang ne jaillit point, et le bras continuait cependant ses mouvements désordonnés.

L'homme rouge ne s'étonnait pas de peu ; il se mit en devoir de remonter sur les épaules de son sujet, aux grandes huées des assis-

tants; mais la main traita son visage bourgeonné avec la même irrévérence qu'elle avait montrée à l'égard de maître Chevassut, si bien que cet homme tira, en jurant Dieu, un large couteau qu'il portait toujours sous ses vêtements, et en deux coups abattit la main *possédée*.

Elle fit un bond prodigieux et tomba sanglante au milieu de la foule, qui se divisa avec frayeur; alors, faisant encore plusieurs bonds par l'élasticité de ses doigts, et comme chacun lui ouvrait un large passage, elle se trouva bientôt au pied de la tourelle du Château-Gaillard; puis, s'accrochant encore par ses doigts comme un crabe aux aspérités et aux fentes de la muraille, elle monta ainsi jusqu'à l'embrasure où le bohémien l'attendait.

Belleforest s'arrête à cette conclusion singulière et termine en ces termes : « Cette aventure, annotée, commentée et illustrée, fit pendant longtemps l'entretien des belles compagnies, comme aussi du populaire, toujours avide des récits bizarres et surnaturels; mais c'est peut-être encore une de ces *baies* bonnes pour amuser les enfants autour du feu et qui ne doivent pas être adoptées légèrement par des personnes graves et de sens rassis. »

PARIS
IMPRIMERIE GÉNÉRALE LAHURE
9, RUE DE FLEURUS, 9

www.ingramcontent.com/pod-product-compliance
Lightning Source LLC
LaVergne TN
LVHW020322230826
846091LV00003B/742

* 9 7 8 2 3 2 9 2 3 4 7 8 6 *